# SCHIBES

## *NOVELLE*

### ALMA JOHANNA KOENIG

Der Schmied stand mit weitgespreizten Beinen da, hielt ein funkensprühendes Stück Eisen mit der Feuerzange auf dem Amboß fest und hämmerte darauf los, daß es hallte. – Sein weißblondes, wirres Haar fiel ihm bei jedem Schlag schwer in die Stirne, und sein Schatten tanzte wunderlich über die rußige Wand.

Ein kaum sechzehnjähriger Knabe saß beim Herd und hielt die Hände gegen die durchscheinende Flamme. – »Euer Gnaden« nannten ihn die Bauern und »allergnädigster Herr«, denn er war der Erbe des Schlosses am Berg, des Waldes und der Felder ringsum. Aber der betrunkene Hofmeister nannte ihn »Nichtstuer« und »Hundesohn« und sperrte den Knaben ein, wenn er sich im Katzenjammer der eigenen versäumten Pflichten bewußt ward und der Zögling eine jählings eingeleitete Prüfung nicht bestanden hatte.

Der Schmied ließ den großen Hammer polternd fallen, und als das Eisen sich mit Zischen gegen das Wasser wehrte, murmelte er: »Hab' ich dich Mores gelehrt, Kerl, elendiger!« Der Knabe Jan war fast erschrocken. Er hatte so lange gedankenlos ins Feuer geschaut, weil er wußte, daß es seiner Stimme unmöglich war, gegen den Lärm des Hammers aufzukommen. Nun fragte er:

»War das ein böses Eisen, Pawel?«

»Ein malefizböses. Ja. Wär' gern so ein Schnappmesser geworden, zum Raufen!«

»Und was machst du daraus?«

»Hufeisen.« – Der Schmied lachte.

»Und schadet das dem Pferd sicher nicht, daß es ein böses Eisen ist?«

»Hab ein'n Segen mit hineingehämmert. Kreuzweis.«

»Was für einen? Sag ihn her!«

Aber Pawel meinte, das dürfe man nicht. Das nähme dem Spruch für alle Zeit die Kraft. Und es gäbe noch so viel böses Eisen in der Welt, das man segnen müsse.

»Weiß der Lindenschmied den Segen auch?«

Nein. Der wüßte gar nichts. Und seine Arbeit wäre auch danach, meinte Pawel. Er ging hin und her und brachte sein Werkzeug auf den rußigen Gestellen in Ordnung. Denn nun war es Feierabend. Und dann kochte er Heidegrieß, und sie griffen beide abwechselnd mit den Fingern in die mächtige Schüssel, tauchten die Handvoll in dicke Buttermilch und aßen, daß es ihnen von den Fingern tropfte. Jan bestrich das braune mehlbestaubte Brot mit dunklem, schwerflüssigem Waldhonig und sagte: »Erzähl!«

Dann erzählte Pawel von jener Nacht, in der die Wölfe hinter ihm her waren und er sich im Schlitten stehend wandte und, das hinjagende Pferd mit der Linken zügelnd, den Hammer nach dem ersten Wolf warf ... »Mitten auf den Schädel. Krach! Und Blut und Hirn sind nur so gespritzt auf den Schnee! Und die anderen Bestien schon über ihm und ich davon, was der Tullik nur hat laufen können!« –

Jan schauderte und machte große Augen.

Aber viel lieber hörte der Schmied den »gnädigsten Herrn« erzählen. Vom Schloß, von den Rüstungen (»Ich könnt' so was nicht machen!«), von der Mutter, die meist in Lemberg war oder in Wien, weil man »hier vor Gähnen sterben müßte«. – Aber immer wieder sollte Jan von Vaters Begräbnis erzählen, vom schwarzen Ritter, der vorausgeritten war, vom Lieblingspferd, das erschossen wurde, und vom Leichenmahl. So lieb Jan seinen guten Vater gehabt hatte – es ward ihm fast schon ein wenig langweilig –, so oft mußte er das alles beschreiben und die Gänge des Trauermahles aufsagen und die Zahl der Seelenmessen. Und das alles war doch schon fünf Jahre her. Aber am ungeduldigsten machte es Jan, daß der Schmied jedesmal mit dem gleichen Kopfnicken und gleich zufriedenem Tonfall feststellte:

»Werd' auch Seelenmessen haben, ich! Und ein christliches Begräbnis ... Ich. Ja! Und nachher werden sie auch was zu fressen kriegen, wie sich's gehört, und zu saufen – die da unten!«

Das waren die Bauern, das war das ganze Dorf, das er mit dieser Kopfbewegung meinte.

Jan sagte ungeduldig: »Das versteh' ich nicht! Wenn du sie doch nicht magst, was sparst du dann, damit sie ein Totenessen haben? Ich würde ihnen keinen Bissen lassen.«

Aber der Schmied beharrte: »Das gehört sich so!« –

»Schau, wie mein Vater gestorben ist, sind die Leute von weither gekommen. Von Wien und Warschau, gar von Spanien einer! Das Essen haben die alle kaum angerührt. Glaubst du, wenn du keines zahlen würdest, ginge niemand hinter deinem Sarge her?«

»Niemand«, sagte der Schmied.

»Hast du denn gar niemanden auf der Welt?«

»Niemanden. – Brauch' auch kein'n!« sagte der Schmied, stand auf und ordnete die Feuerzangen anders auf ihrem Gestell.

»Ich habe doch wenigstens Lady Evelyn!« sagte Jan halblaut. Er schien angestrengt über etwas nachzudenken, wie er so auf dem Amboß saß und ins Feuer starrte.

Am nächsten Abend kam Jan wieder, atemlos vom Lauf und ängstlich, denn der Hofmeister schlief nun schon sechzehn Stunden, seit sie ihn heimgebracht hatten, und mußte bald nüchtern werden.

Jan stürmte so hastig zur Türe herein, daß er sich wieder einmal die Stirne am niederen Balken blutig stieß. Halb unwirsch durch den Schmerz, halb knabenhaft verlegen, holte er ein großes Ding, das mit einem Flachsbündel Ähnlichkeit hatte, unter seinem Mantel hervor.

»Damit du doch jemanden hast!« murmelte er und war schon wieder mit einem Satz bei der Türe. Aber dann mußte er über Pawels verdutztes Gesicht so wild lachen, daß er sich atemlos an die Wand lehnte.

Der Schmied sah hilflos auf den jungen Hund zu seinen Füßen, bis er endlich begriff und sich von der Bettstatt erhob.

»Dank auch dem Herrn!« sagte er.

Aber da wurde Jan sehr rot und entgegnete hastig:

»Nicht nötig! Der Kutscher hat gleich die drei andern ertränkt, weil der Vater nur ein Dorfköter war. Und Lady Evelyn hat damals genug Prügel gekriegt.«

Die Türe flog krachend zu.

Pawel saß ganz still und sah auf das winselnde Flachsbündel herab.

»Die andern haben s' ertränkt, da kann man mir ja eins geben!« Er sprach immer ganz laut, wenn er allein war. »Was soll ich damit? Hab' selber kaum was! – Schlägst es tot. Oder wirfst es in 'n Bach! Sagst, es ist reingefallen. Hast keine Zeit gehabt zu schaun, wo's rumkriecht! Pascholwon!«

Er griff zu, hob den Hund auf und trug ihn zur Türe hin. Aber da geschah es, daß er des Hundes Augen sah. Sie waren bläulich schwimmend, wie die eines Kindes an der Mutterbrust.

Der Schmied kümmerte sich nicht viel um die Rangen, die immer schrien, wenn er ins Dorf kam, weil die Mütter den schlimmen Kindern drohten: »Der Waldschmied kommt und holt dich!«

Aber daß Neugeborene solche Augen hatten, das wußte Pawel, denn die seines Schwesterchens hatten einst so blau und leer gestaunt, wie dieses Hundes kaum erst erschlossener Blick.

Der Schmied sah sich scheu in der Hütte um, dann drückte er seine Wange in das weiche, warme blonde Fell. Wie seltsam, ein Herz klopfen zu fühlen, wenn es auch nur eines Tieres Herz war.

Der junge Hund winselte mit fadendünner Stimme. Pawel nahm ihn ungeschickt unter den linken Arm, ganz schief gehend, weil er ihn auch mit der Hüfte stützte, trug er ihn zur Ecke, goß etwas Ziegenmilch in ein Schüsselchen, verdünnte sie mit Wasser und setzte den Hund zur Erde. Das Tierchen schnüffelte und trank: »hlap – halap« und Pawel sah zu.

Und plötzlich war die alte Hütte nicht mehr leer.

Da saß Vater riesengroß und gebeugt auf der Bank. Und das Schwesterchen hing an Mutters Schürze und kicherte und fürchtete sich, weil der Hund bellend nach dem roten Zopfbändel sprang, das sie ihm hinhielt und wieder fortriß, wenn er es fast erschnappte. Und die Mutter sagte: »Nicht so wild, Kathia! Nicht immer so wild!« Und sie stellte ein Schüsselchen zur Erde. »Da hast, Schibes!« und der Hund fraß, während ihn Kathia mit ihren kleinen, immer schmutzigen Händen am Zottelpelz riß und lachte.

Ach, konnte Kathia lachen! –

Der Schmied richtete sich auf. – Mit zwanzig Jahren verreckt im Spital – drinnen in der Stadt! –

Der Hund war satt und kroch schläfrig winselnd heran. »Ja, ja, Schibes!« sagte der Schmied.

Und da hatte das Tier seinen Namen.

Schibes verstand alles. Wenn Pawel ein böses Eisen unter den Hammer bekam, dann knurrte er und sprang und bellte es wie besessen an.

Kam aber ein gutes an die Reihe, eines, dem man es ansah, daß es sich alle Mühe geben wollte, was Rechtes zu werden, dann lag Schibes vor der Türe und schien zu schlafen. Aber der Schmied brauchte nur stärker zu atmen oder den Kopf nach ihm zu drehen, um dem bereiten Blick der großen braunen Hundeaugen zu begegnen.

Schibes war nicht schön. Nein, das konnte man nicht sagen. Er war wolfsstark und gedrungen wie sein Vater, seine Rute war ebenfalls verkümmert und sein borstiges Haar fahlgelb. Doch besaß er den feingeformten und klugen Kopf seiner Mutter, der Lady Evelyn, die einundzwanzigmal prämiiert worden war und ihres Standes so ganz um der Liebe willen vergessen hatte.

Schibes war nun drei Jahre alt, und wenn ein Bauer die gewundene Straße zur Schmiede hinaufkarriolte, um wegen neuer Sensen vorzusprechen oder wegen der Kuh, die nicht kalben wollte – dann schoß er wohl einen giftigen Blick nach dem verluderten Biest, das man so leicht an der Hose hängen hatte, und sagte:

»Schlägt ihn der Schmied noch immer nicht tot, den Teufelsbraten, den elendigen? Traut sich ja schier keiner mehr da herauf in den Wald!«

»Nein!« sagte Pawel. Er und der Schibes sahen einander an, und beiden war lustig zu Mute.

»Ist gesegnetes Eisen um und um, da fehlt nix!« sagte der Schmied, und nun kam der spannende Augenblick, wo der Bauer ächzend seine lederne Katz aufschnürte und vom Grunde des Beutels die Guldenstücke heraufkrabbelte. Schibes sah aufmerksam und mißtrauisch zu, und sein Schwanz wedelte hin und her.

Der Schmied hielt nun das Geld fest in der linken Faust, während er dem Bauern half, der die Sensen aufs Wägelchen lud, dem Pferd den Hafersack abband und auf den hohen Bock hinaufturnte.

»Hart hat man's, den Weg da herauf. Könnt' der Schmied nicht näher wohnen?« brummte der Bauer.

»Müßt's ja nicht! Ist ja der Lindenschmied unten!«

»Ja. Schnell! – Der Saufaus! Hat dem Herrn Verwalter den Schimmel vernagelt.«

»Weiß ich. War oben. Ist schon alles gut.«

»Da schau! Da schau! Na ja, der Waldschmied, ich sag's immer. – Höah! Stehst! Luder!« Das galt dem Pferd, das heim wollte. »No – jetzt ist ja bald Hochzeit, oben!« sagte der Bauer und deutete mit der Peitsche nach dem weißen Schloß am Berg.

Der Schmied nickte.

»Der neue Herr soll ein Strenger sein. Da wird der Herr Verwalter die Augen aufmachen! Wird nicht mehr viel mit Vieren lang fahren, in die Stadt hinein. Und der junge Herr kommt auch her. So ein Lackel, wie der ist – und die Mutter geht heiraten! Ja, ja! Hüh!«

Der Bauer mahnte schnalzend sein Pferd. Die Sensen rasselten, der Wagen knarrte.

»Gelobt sei Jesus!«

»In Ewigkeit!« antwortete Pawel. Er stand ganz still und sah dem Wagen nach.

Jan kommt wieder, der kleine Pan Jan, der ihm den Schibes gebracht hat! Drei Jahre sind es, und seither hat er ihn nicht gesehen! Am nächsten Tag schon war er fort, ohne ›Lebewohl‹, ohne nichts. Denn der besoffene Kerl, der Lehrer, hat ihn gehaut, und Jan ist ihm an die Gurgel gesprungen, und es war ein Geschrei, der Lehrer war schon halbtot und ist zum allergnädigsten Herrn gefahren, klagen. Aber der Herr Großvater hat schnell Ordnung gemacht, und der Kerl ist über alle Treppen gerollt. Und Jan hat am nächsten Morgen mit dem Herrn Großvater in die Stadt hinein müssen zum ›Schtudieren‹. Ohne ›Bleibgsund‹, ohne nichts. –

Etwas Feuchtes, Kühles rührte an Pawels hängende Faust, die noch immer das Geld umschloß.

Schibes sah den Herrn an.

»Hast recht, Schibes!« sagte Pawel und ging, das Geld in die Truhe zu sperren. Viel buntes Weibszeug, das nach Alter roch, war in der Truhe drin.

Und ganz unten im Winkel war ein schmutziger, weißer Strumpf, den er hervorsuchte.

Der Schmied zählte langsam und mit Liebe.

Er tat nachdrücklich noch einen neuen Gulden hinzu und warf das übrige Geld in eine alte Holzschachtel.

»Was, Schibes, wenn man nix kaufen müßt, könnt man schön sparen?!« Schibes wedelte zustimmend und mit Bedauern.

Es war so schwül, daß der Schmied meinte, er müsse vor jedem Atemzug erst ein Eisengewicht von seiner Brust fortheben. Er stand halbnackt vor dem Feuer, und sein Körper glitzerte vor Schweiß. Er wischte mit dem Unterarm über die Stirn, blies mit vollen Backen und fuhr mit der versengten, schmutzigen blauen Schürze über den starken Nacken und die mächtige Brust. Er bückte sich unter den Türrahmen. Schibes lag wie tot im Schatten eines schadhaften Bauernwagens. Aber seine Augen forschten wach in Pawels Gesicht.

»Ein Wetter kommt, Schibes!«

Der Hund meinte es auch. Die kleinen Vögel flogen so niedrig hin und her und schrien.

Und der Wind wollte Schibes nicht gefallen.

Aber da war auch noch anderes, was ihm nicht gefiel.

Er drehte langsam und stoßweise witternd den Kopf waldzu. Ein Donnerschlag krachte. Der Blitz riß den schwarzen Himmel mitten entzwei. Und von neuem kam Sturm, Staubregen aufpeitschend. Pawel wandte sich, um in die Hütte zurückzugehen. Da hörte er Schibes knurren und sah, daß er jede Sehne zum Sprung straffte. Ehe Pawel es noch begriff, flog der Hund mit wildem Gebell die Straße hinauf und war schon verschwunden. Ein hoher, gellender Frauenschrei ertönte –, gleich darauf noch einer.

Der Schmied pfiff auf zwei Fingern.

»Schibes! Da herein! Schibes!«

Eine Frau kam aus dem Wald und rannte gerade auf Pawel zu. Sie hatte ein rotes Tuch in der Hand, mit dem sie, halb zurückgewendet, nach Schibes schlug, der sie verfolgte.

»Wirst da hereinkommen?« Schibes kam, aber er bellte und knurrte ohne Unterlaß und zog an Pawels Schürze.

»Was willst du denn?« fragte der Schmied zu ihm herunter.

»Siehst du denn nicht, daß es ein böses Eisen ist? Bettelpack!« bellte Schibes. »Blaff! Blaff! Schick sie weg, blaff, blaff, blaff!«

Der Schmied stand still und starrte in das braune Gesicht unter den fliegenden Haarsträhnen. Ihre Lippen formten die Worte so unglaublich beweglich und leuchteten rot über sehr weißen Zähnen. Er sah dem Munde nur immer zu und verstand gar nicht, was sie sagte. Schibes sprang und blaffte. –

Der Sturm riß an des Weibes knatterndem, dünnem Rock. Staub war ihr ins Auge gekommen, das sie mit brauner Hand rieb.

»So viel Regen!« sagte sie und deutete zum Himmel. »So viel müde!« sagte sie und deutete auf die eigene Brust. Der Schmied sah auf das Fadenbüschelchen, das noch die Stelle andeutete, auf welcher der mittelste Knopf an der verwaschenen Jacke gesessen hatte, der nun abgesprengt war, so daß sie klaffte. Da dröhnte ein Donnerschlag fast über ihren Köpfen, daß sie alle drei erschraken. Der Blitz leckte wie eine Teufelszunge zur Erde. Mit einem Sturz brach der Regen herein. Das Weib hatte aufgeschrien und warf sich nun, wie besinnungslos vor Angst, an des Schmiedes Brust, ihn mit aller Kraft in die Hütte drängend.

Schibes hatte kaum Zeit hineinzuschlüpfen, so schnell zog sie die Türe zu. Sie standen horchend. Draußen strömte rauschend der Regen nieder. Blitz kam auf Blitz. Das Weib lehnte furchtsam und zusammengeduckt an der Türe und sah Pawel aus großen, dunklen Augen an.

Plötzlich bückte sie sich. Wie ein Falke zustoßend, haschte sie seine Hand, sie mit weichen und feuchten Lippen küssend, ehe er sie ihr halb gelähmt vor Staunen und mit unartikuliertem Laut entriß. Schibes knurrte und seine Augen funkelten so wölfisch, daß das Weib in die Ecke schlich.

»Was hast denn? So gib schon Ruh'!« murmelte Pawel und griff hart in des Hundes Fell, der, am ganzen Leib zitternd, nach ihr hinstrebte.

Er hielt Schibes fest und sah zu ihr hinüber, die auf dem Boden saß, ein Bein unter sich geschlagen, das andere nackt und grau vom Wegstaub, weggestreckt unter dem einzigen zerfetzten Rock. Sie band das rote Tuch wieder um das zerraufte Haar, nahm aus der aufgebundenen Schürze eine rohe Rübe und biß mit den weißen Zähnen hinein, daß es knirschte. Da ließ der Schmied Schibes mit einem Stoß fahren, ging zur Tischlade, schnitt ein Stück Brot ab und warf es ihr zu. Sie fing es in der Luft, küßte ihre eigene Hand und aß lachend, daß er selber fast Hunger bekam.

Schibes stieß ihn an. Ganz still jetzt. Pawel ärgerte sich. Aber nein, Schibes hatte recht, er zeigte nur, daß das Feuer ausging.

Kreuzteufel noch einmal! Die Arbeit macht sich nicht von selbst!

Er schaufelte hastig Kohlen ins Feuer und polterte mit dem Werkzeug herum. Wo war denn die Raspel? Nichts ging ihm von der Hand. So matt war er und so unlustig, daß er kaum den Arm heben konnte. Als ob ihm jemand seine Kraft gestohlen hätte.

Er wandte sich. – Sie saß in die Ecke geschmiegt, den Kopf zurückgelehnt, und sah ihn unverwandt an. Jeder neue Blitzschlag draußen erhellte jäh ihr Gesicht. Dann funkelte ihr Blick unter halbgesenkten Lidern. Die rechte Wange hatte sie an die Schulter gedrückt und strich sie langsam daran auf und ab.

Pawel überlief es heiß. Er fühlte von neuem den andrängenden Druck ihres Leibes – den Kuß auf seiner Hand.

Jählings kam es ihm zum Bewußtsein, daß er halbnackt war. Ungeschickt wandte er sich, riß die Joppe vom Nagel und knöpfte sich bis obenhin zu, obwohl ihm jetzt heiß war wie im höllischen Ofen. Und der Hammer pfefferte aufs Eisen nieder, daß die Funken stoben.

Leiser Wehelaut kam von der Ecke her.

Ein Funke war auf ihren bloßen Arm gesprungen. Sie zeigte es ihm und lachte. Da sein Blick den ihren traf, riß ihr Lachen ab. Ihre Lippen zitterten halboffen, ihre Augen schwanden dahin unter gesenkten Lidern, ihre Brust atmete schwer, der Kopf sank gegen die Wand.

Der Schmied stand regungslos. – Der Hammer polterte wie ein Stein zu Boden.

Und dann tat Pawel ein paar Schritte.

Da sprang Schibes ihr an die Kehle, blitzschnell, ohne einen Laut. Aber als seine Zähne ihren Hals schon fast berührten, packte ihn eine eiserne Faust im Genick. Der Schmied schlenkerte das mächtige Tier wie ein Kaninchen in der Luft hin und her und trug es durch die Hütte zur Türe.

Und dann warf er Schibes hinaus, in Sturm und Regen. »So!« knirschte er.

Schibes lag mitten in einer Lache und sah ihn an. Und Sturm und Regen währten die ganze Nacht.

Der Schmied erwachte und griff neben sich hin.

War sie fort? Auf einmal wieder fort und alles war aus? Er fuhr empor, verwirrt vor Angst und Schlaftrunkenheit. Da stand sie am Herd und lachte ihn an, daß ihm sein Herz schier davonlief vor Glück! Er war mit einem Sprung bei ihr, hob sie auf die Arme und trug sie durch die Hütte, sie hin und her wiegend wie ein Kind. Er stammelte, stöhnte, keuchte, von der Nähe, Wärme und Weichheit des Weibes trunken, wie ein Enthaltsamer vom ersten Becher Weins, während sie, geschlossenen Augs an seiner Brust lag und hinnahm. Endlich entwand sie sich ihm, mit einem kleinen, hohen und heißen Schrei, atemlos lachend, und versuchte, ihr Haar zu ordnen.

Sie lief zum Herd, nahm einen Topf und hielt ihn zu seinem Gesicht empor.

»Was ist das?« fragte er zerstreut und versuchte, sie zu fangen.

Aber sie wich aus.

»Iß der Pan! Hasen ist gut! War ein Hasen da!« nickte sie.

In aller Früh schon? dachte er. Und heut ist doch Freitagfasten. Der Herr Heger hat ihn ja für Sonntag geschickt.

Aber sie schob ihm schon ein Stück in den Mund und da fühlte er erst, daß er sehr hungrig war. Dann saß sie auf seinen Knien, und sie aßen abwechselnd Bissen um Bissen. –

Einem Bauern, der nachmittags sein krankes Roß zur Schmiede hinaufbrachte, erging es, wie es nun manchem ergehen sollte. Die Türe, an der er polterte und riß, war verschlossen, die Läden blieben zu. Kein Schmied da, kein Schibes. Er war wohl über Land mit dem Köter, der Waldschmied! Psia krew! Was sollte man jetzt mit der maroden Mähre anfangen? Er klopfte und rüttelte, trommelte und fluchte.

Als er ging, schien es ihm, als höre er drinnen in der Hütte ein Kichern.

Der Schmied sagte: »Ich muß dem Tadeusz den Pflug schaffen, zur Wintersaat!«

Das Weib lachte. »Bleib bei mir!«

Er sagte: »Dreimal hat der Herr Pfarrer geschickt. Die beste Kuh steht ihm um!«

Sie lockte: »Komm zu mir!«

Bis er endlich sagte: »Ich hab' nichts mehr im Haus, kein Brotbröserl.«

Da war sie abends plötzlich, wie ihm unter den Händen, fort, und er suchte und schrie und rannte wie ein Verrückter hin und her. Als er trostlos heimkehrte, stand sie da, mit roten Wangen, atemlos.

Er riß sie an sich und erstickte sie fast mit Küssen.

Aber sie drängte ihn schreiend fort und zeigte ihre Schürze, in der Eier lagen, sieben Eier, noch voll Stroh und Schmutz. »Von wem hast du sie?« staunte er. Sie stellte sie schon zum Kochen zu.

»Gekriegt«, sagte sie.

»Von wem denn?«

»Gute Frau!« nickte sie.

Ich wüßte keine, die so leicht ihre Nesteier hergäbe für ein Geltsgott. Hat sie sie mir vielleicht heimlich gekauft? Aber sie hat ja doch kein einziges Kreuzerl im Sack!

Sie stand da und trank mit zurückgelegtem Kopf ein rohes Ei leer.

»Welche Frau hat's dir gegeben?«

»Weiß ich nicht. Kenn nicht Frauens hier.«

»Sag mir wenigstens, wie das Haus ausgeschaut hat, dann denk' ich mir's schon und kann's später zahlen!«

»Weiß nicht, was für ein Haus! Bin so viel gelaufen. So viel hin und her, damit ich Essen bring. Ich muß nicht essen. Aber du!«

Und sie ließ nicht ab, bis er aß, dann erst war sie zufrieden. Sie schmeichelte mit ihrer braunen Hand über seinen Arm, an dem die Muskeln wie knotige Stricke sprangen. »Stark, stark«, sagte sie und schloß halb die Augen. – Sie schnellte sich auf seinen Schoß, sich wölbend wie ein Fisch, bis seine Blicke flammten. Und dann – zögernd erst und immer zur Umkehr bereit, fing sie zu stammeln an ...

Am Weg durchs Dorf, bevor die gute Frau – Gott segne sie! – ihr die Eier gegeben hatte, da sei sie bei einem Juden vorbeigekommen – am Platz, er müsse ihn ja kennen! – Und da habe sie

– aber er dürfe nicht schelten! – Nein? Also – aber zuerst müsse er sie küssen! Noch einmal! So!
– Ja, da habe sie einen Rock gesehen, einen roten, einen schönen, sie habe gefühlt! Guter Stoff!
Gut, fein! Und ihrer sei so zerrissen – da! – Sie gehe ja schier ohne! – Er hielt sie in den Armen
und sah sie an. Wie ihr Mund glühte – Was für Augen sie hatte –

Wenn er den Pflug endlich fertigmachte, bekäme er schon Geld. Tadeusz hatte noch immer
gezahlt, was recht war. Würde er halt das nächste Mal sparen. Ach, was brauchte er schließlich
so zu sparen. Mit dem Sterben hatte es vorläufig noch gute Wege! Und warum, zum Teufel
hinein, sollte er den Bauern, wenn er tot war, mehr gönnen als sich und ihr zu Lebzeiten!

»Was kost't der Rock?« fragte er.

Ihre Augen tanzten. Sie warf ihre Arme um seinen Hals.

»Drei Gulden nur und einen halben. Und so ein schönes Kopftüchel nur neunzig Kreuzer! Billig,
billig! Ja? Ja!«

Teufel, Teufel, dachte er. Aber macht nichts. Das eine Mal.

Er hob sie von seinen Knien und stand auf. Ihre Augen hingen an ihm. Was kam jetzt? Ging er
um das Geld? War's im Strohsack? Oder unter einer Steinfliese? Oder wo? Aber ihre Lider
senkten sich sogleich. Nein. Der Schmied war nicht um Geld – er war an die Arbeit gegangen. Er
seufzte tief auf. Ihm war, als sei er seit Jahren nicht mehr vor Amboß und Schraubstock
gestanden. Seine Glieder waren schwer und träg. Alles fiel ihm aus der Hand, und er fluchte,
wenn er sich bücken mußte. Und bückte sie sich zugleich, so stießen sie mit den Köpfen
zusammen, und dann kamen sie ins Küssen, da ging es erst recht nicht. – Es dauerte lange, bis
die Flamme richtigen Zug hatte, bis er das Werkzeug zusammenbekam. Und der Blasbalg pfiff
und ächzte unwillig über die Störung nach langem Schlaf. Aber als der Schmied das Eisen wieder
einmal rotglühend sah und den Großhammer in der Hand zum ersten Streich ausholte, kam doch
die alte Freude über ihn, und er sagte: »Das ist wieder mal so ein Teufelsstück, Schibes!« – Nein.
Er sagte es nicht. Sein Mund blieb halboffen stehn. Sein Arm sank. Er schlug nicht zu, ob das
Eisen auch schmolz und prasselte.

Er hatte ihn ja vergessen! – Er hatte ihn ja ganz vergessen gehabt, Schibes, *seinen* Schibes!
Und er war in der Lache gelegen und hatte ihn angesehen! Mit einem jähen Ruck wandte sich
Pawel und rannte zur offenen Türe, als müsse Schibes daliegen und den Herrn grüßen wie
immer. Aber er war nicht da. »Schibes!« rief der Schmied heiser. »Schibes! Huuitt! Da herein!
Schibes!« Der Pfiff trillerte und trillerte, aber nichts rührte sich.

Das Weib stand in der Türe und sah ihm eine Weile schweigend zu. Plötzlich lachte sie.

»Aber auf einmal, was hast denn du? Sei froh, is weg! Wolf, scheußliches!« Da traf sie ein
Blick, den sie an Pawel nicht kannte.

Er schritt langsam zurück, warf das Eisen ins Feuer und begann den Blasbalg zu ziehen, daß
dieser fast barst. Wo ist er nur? dachte er. Was frißt er nur, die ganze Zeit? Gar nicht mehr zu
mir gekommen ist er, gar nicht mehr wiedergekommen – so bös ist er auf mich! Und ich hab's
nicht bemerkt. Er hat mir nicht gefehlt. Ja, bin ich denn verrückt oder was? War ich denn

betrunken? – Daß er gar nicht mehr gekommen ist! Oder war die Türe zu und er ist inzwischen wieder fort? Wenn er nur nicht wildert! Der Herr Heger hat damals gesagt: »Ich bin keiner, der einem andern nix gönnt«, hat er gesagt! »Ich schick' schon wieder einmal einen Hasen oder so, wirst sehn! aber wenn mir der Schibes noch ein einziges Mal übers Jungwild geht, dannkommt er dir nicht selber nach Haus, dann wirst du ihn dir schon erst zusamm'klauben müssen!« – Wenn er ihn erwischt hat? Wenn er ihn erschossen hat? Aber dann kann der Kerl, der Heger, sich umschaun, wenn ich ihn treff, der hat nix zu lachen! –

Es war diesmal kein gutes Werk, das der Schmied schuf. Das Eisen schillerte blau und böse wie Schlangenleiber, und er murmelte Fluch um Fluch statt der Segenssprüche. Als der Pflug endlich fertig war und in der Sonne vor dem Schuppen stand, dachte Pawel: Als ob ihn der Lindenschmied gemacht hätt'! – Er ward langsam rot und pfiff durch die Zähne.

»Wann tust denn schon liefern?« fragte sie. Seit sie begriffen hatte, daß vom Erlös ihr Rock gezahlt werden sollte, hielt sie Pawel nicht mehr von der Arbeit ab. Aber sie fand alles lang schon schön und gut. »Is ja fertig, was willst noch dran?«

Da hörten sie einen Wagen heraufkommen, und Pawel erkannte, daß es Karol, des Tadeusz jüngster Sohn war, der den Wagen lenkte.

»Gelobt sei Jesus!« rief der Bursch von weitem. »Das ist unser Pflug, was? Schön, daß der Schmied fertig ist! Vater schimpft schon den ganzen Tag!« Er sprang vom Wagen. Der Schmied öffnete den Mund, um zu sagen, daß der Pflug noch nicht fertig sei, noch lange nicht!

Aber da sah er, daß des Burschen helle Augen groß wurden vor Staunen, und er sah den Blick, der das Weib umfing, das Weib, das im fetzigen Röckchen dastand und in der engen Jacke, an der ein Knopf fehlte. Es war schon Zeit, daß man ihr was kaufte. Sie ging ja herum, daß es eine Schande war. Und plötzlich schrie er den Burschen an: »Also fix! Mach der Karol, daß das Zeug einmal wegkommt von da!« Er wandte sich ab. Er wollte nicht sehen, wie der Kerl die Arbeit prüfte und entdeckte, daß alles geschleudert war. Was wird er sagen? Wird er den Preis drücken? Wird er sagen: Es muß ein anderer Pflug her!?

Da sagte Karol: »Also dann meint der Vater, ich soll's gleich zahlen, 's war sicher recht beim Waldschmied. Und ein anderes Mal, ein bissel schneller!« Er zog den Beutel und begann die Gulden, Nickel und Kreuzer auf den Pflug hinzuzählen, bis die ausgehandelte Summe voll war.

Das Weib war ganz dicht herangekommen und sah scharf auf das Geld. »Da fehlt!« sagte sie und zeigte auf die Münzen. »Ach so«, machte der Bursche. Ihre Hände hatten sich berührt, und er bekam einen roten Kopf. »So, jetzt ist's aber recht.« Er schnürte den Beutel zu.

Der Schmied rührte sich nicht.

Sie stieß ihn an. »No! Nimm doch Geld, daß der Pan Pflug haben kann!« Da kehrte Pawel alles mit der Hand in seine Schürze, packte an und verlud mit dem Burschen hastig den Pflug auf den Wagen. Er trug schwer und gebückt, und so sah er nicht, daß der Bursch ihr ein Zeichen gab, mit dem Kopf gegen das Dorf deutend. Und er sah auch nicht, wie sie als Antwort die Lider niederklappte. Karol sprang auf und fuhr. Plötzlich schwenkte er die Mütze zurück und jauchzte. Der Schmied sah lange seinem Pflug nach. Dann zählte er umständlich vier Gulden und vierzig

Kreuzer aus seiner Schürze und hielt sie ihr hin. Ihre Augen hatten jede seiner Bewegungen verfolgt. Nun war sie mit einem Jubelschrei bei ihm und hing an seinem Hals. Aber Pawel dachte: Wenn Vater den Pflug gesehen hätt'! Lieber war' er verhungert, als so ein Stück aus der Hand zu lassen. Und was hätt' Schibes dazu gesagt!

»Aber jetzt schau, daß du zum Juden kommst!« fuhr er sie an. Sie ließ es sich nicht zweimal sagen.

Als sie fortgelaufen war, ging Pawel in die Hütte, langte den Schlüssel vom obersten Gesims, blies den Staub von ihm ab und schloß die Truhe auf. Er gab alles Weibszeug weg, nahm den alten klimpernden Strumpf heraus und band ihn auf. Aber plötzlich schüttelte er wild den Kopf, warf den Strumpf in die Truhe zurück, die Kleider darauf und tat den Schandlohn achtlos in die Holzschachtel. Er sperrte die Truhe ab und erhob sich. Da schrak er zusammen. – Vom Fenster huschte ein Schatten fort. Aber es war niemand da, als er zur Tür sprang.

Als sie zurückkam, glänzten ihre Augen, und ihr Mund war rot. Den neuen Rock hatte sie an und ein Kopftuch, das weithin schrie. Eine neue Schürze hatte sie auch, die trug sie ganz voller Lebzelten und Johannisbrot und Mandelbögen und knabberte, sang und lachte. Aber das mußte doch viel mehr kosten, als er ihr gegeben hatte? Ach, die »Süßesachen« hatte ihr der Jude daraufgegeben und das andere – das machte nichts! Er hatte gesagt, die »Frau Schmidtin« hätte immer Kredit, sie solle nur bald wieder kommen. Haha! Und Pawel solle nicht glauben, daß sie ihn vergessen habe – sie wickelte Fleisch aus und eine Flasche Wisniak, von der sie schon einen guten Schluck verkostet zu haben schien. »Ach was! Machst einen andern Pflug und kriegst wieder Geld! Is ja ohnehin noch so viel da!« Und plötzlich begann sie in dem neuen Staat vor ihm zu tanzen. Sie tanzte, daß ihr roter Rock weithin im Kreise flog, daß ihr Haar sich flatternd löste, daß sie kleine, scharfe Raubvogelschreie ausstoßen mußte, um sich Luft zu machen: »Juj! Juj!« Sie tanzte, daß Pawel sich irgendwie schämte und doch jählings aufsprang und sie an seine Brust riß. – Dann aßen sie, bis sie nicht mehr konnten, und tranken Schnaps. Pawel hatte nie welchen gemocht, aber nun trank er, bis ihm das Blut so heiß durch die Adern jagte wie ihr.

So war es jetzt immer, Fleisch und Schnaps alle Tage. Und der Jud' hatte ihr auch eine Jacke gegeben und das Tuch hatte ihr eine Frau geschenkt, weil die Frau sie so lieb hatte, und Kandiszucker auch, so viel, daß sie ganze Tage daran zu naschen hatte. Und sie naschte auch ganze Tage. Und Eier brachte sie nach Hause und Würste, bunte Bänder, die sie auf dem Weg gefunden hatte, und blitzende Kinkerlitzchen und einmal sogar eine junge Gans, der der Kopf auf ganz umgedrehtem Hals nach hinten schwankte.

Mir hat noch keiner was umsonst gegeben, dachte Pawel und besah die Schwielen an seinen Händen. Aber er fragte nicht mehr, seit er die Truhe wieder aufgeschlossen und die Holzschachtel in ihre Schürze ausgeleert hatte. Um so besser, wenn sie dafür so viel bekam. Und der Schnaps, den sie brachte, tat gut, er brannte wie ihre Küsse, und man dachte über nichts auf der Welt mehr nach, wenn man genug getrunken hatte.

Nicht darüber, daß man die Spur von des Tadeusz Schecken im Straßenstaub gesehen hatte und erkannt, daß der linke Vorderfuß ein neues Eisen mit des Lindenschmieds Zeichen trug. – Nicht darüber, daß der Herr Pfarrer so strenge Augen machte, wenn man ihm begegnete. Und auch an Schibes mußte man nicht in einemfort denken, nicht an Schibes' Blick, mit dem er einen angesehen hatte, als er in der Regenlache lag. – Das Weib sah hinüber, ihre Augen wurden schmal und schwarz vor Haß.

Jetzt dachte er an das Vieh, daß wußte sie. Wenn er so aussah, daß man Angst haben konnte, dachte er daran. Wenn er doch einmal aufwachte und das Kratzen hörte? Die Bestie trieb es ja toll jede Nacht.

Obzwar heute war nichts zu hören gewesen. Gestern hatte der Köter wohl genug abbekommen. Sie mußte lachen. Gut hatte sie das gemacht! Als es draußen wieder angefangen hatte, war sie leise, ganz leise aufgestanden, hatte die Türe aufgemacht und sehr schön gewispert: »Ja, Schibesl! Ist der Schibesl da? Da hast was! Komm her!« Und als der Köter an ihr vorbei in die Hütte wollte, da hatte sie ihm mit aller Kraft einen Tritt in den Bauch gegeben, daß er wegsprang, quiekend wie ein Ferkel, und das Wiederkommen vergaß.

Wenn der Schmied das wüßte – das und noch anderes ...! Sie hob wollüstig schaudernd die Schultern und sah seine riesigen Hände an.

Pawel saß auf dem Baumstrunk, der zum Holzspalten vor der Türe stand, und sah die Straße hinab, soweit man sie verfolgen konnte, und dann auf die Windung der Serpentine, die weit unten als ein gelber Streifen in der grellen Sonne lag. Fern tauchte ein dunkler Punkt auf, langsam sich heranbewegend. Es tat einen Riß an Pawels Herzen. War das nicht der Herr Verwalter? Kam der Herr Verwalter selbst herauf? Vielleicht wollte er neue Eggen bestellen? Oder die Dreschmaschine war wieder kaputt und keiner kannte sich aus? Oder war der Zuchtstier marod? Pawel rannte die Straße hinunter, aber plötzlich hielt er an. Nein, es sollte doch nicht so aussehen, als ob er am hellichten Tag gar nichts zu tun hätte. Er ging in die Hütte und polterte mit den rostigen Eisen herum. Und endlich, endlich kam etwas vorbei. Ein reisigsuchendes altes Weiblein, von Kindern gefolgt, die scheu hinter wirren weißblonden Haarsträhnen nach dem bösen Waldmann ausspähten, nach dem bösen Schibes. Nichts. Wieder nichts! Wieviel Großmütter jagte der Teufel da herauf, seit Schibes nicht mehr vor der Türe lag und Ordnung machte?

Das Weib saß am Bett und fing wieder an, mit Worten, wie ein Messer, das durch ein Seidentuch sticht. Beerenweiber und Mistfratzen alle Weile! Ob das früher auch immer so gewesen sei? Da hätt's ja ein Rastelbinder schöner, ein Mausfallenmacher, der könnt' wenigstens vor der Hoftüre schreien! Und der Schmied solle nur einmal zum Lindenschmied schauen! Da sollt' er nur schauen, bis draußen hin ständen die Wagen im Schuppen. Und wenn der Lindenschmied auch nur könnt' am Wirtshaustisch dreinhaun – einen Gesellen hätt' er jetzt, einen Kerl mit Augen »wie die Nussen«! Der könnt' schon nimmer schnaufen vor Arbeit.

»Alle Weiber tun's Mann hinzerrn. Alle Geld tun's hintragen und mein arme Schmied muß Hunger leiden!« Pawel antwortete auch diesmal nicht. Aber als es dunkelte, ging er ins Dorf hinunter.

Er sah den fremden Gesellen halbnackt und schlank am Feuer stehen und die Arbeit schaffen. Die viele Arbeit, die schöne Arbeit, und *seine* Hände waren müßig. Sein Herz brannte. Er duckte sich an den Häusern hin wie ein Dieb. Was sollte werden? Was sollte nur werden, wenn er keine Arbeit bekam? Würde es dahin kommen, daß er das Geld darangeben muß, das langersparte? Würde es bis dahin kommen, Maria und Josef? Und wenn das aus war, was dann? – Über hundert Jahr' kam man von weither zur Waldschmiede. Und jetzt? Tat's der fremde Kerl, der Kesselflicker da, besser als er? Hatte er, Pawel, vielleicht schon einmal schlechte Arbeit – Der Schmied blieb wie angewurzelt stehen und ward tiefrot. Ja. Er *hatte* schlechte Arbeit abgeliefert. Darum war Tadeusz nun beim Lindenschmied. Und das ganze Dorf tat, was Tadeusz vorgetan hatte. Darum und wegen – wegen ihr. Aber psia krew, das ging keinen was an, was er trieb. Und so schlecht war der Pflug auch nicht gewesen, daß man einen Menschen dafür zugrundegehen lassen konnte. Und das würden sie auch nicht tun. Nein, so weit würde es nicht kommen. Sie würden schon wieder zurücklaufen zu ihm, Waldschmied hin, Waldschmied her, wie früher, und dann würde er zeigen, was er konnte! Was machte er sich nur für Sorgen? Alles würde schon gut werden.

Jetzt merkte er erst, wie müde er sich da gelaufen hatte und wie durstig er war. Das Wirtshaus war nicht weit. Er trat ein und setzte sich hinter einen Kümmel. Im Nebenzimmer, dessen Tür offenstand, spielten die Großbauern Karten. Sonderbar; sie spielten so eifrig, daß keiner ihn zu bemerken schien, als er grüßte. Und dann flüsterten sie plötzlich und lachten, bis sie husteten. Pawel fühlte sich ein wenig ungemütlich. Er war so lange schon nicht im Wirtshaus gewesen. Aber der Schnaps war gut, und er wollte just nach noch einem rufen, als der Jude zur Türe hereinschoß und mit Grüßen und Komplimenten auf ihn zuschlurfte.

Pawel trank eilig aus. Es ward ihm immer unbehaglicher während des Juden weitläufigem Gerede über schlechte Geschäfte und teure Zeit, über Leute, die gern kaufen möchten, ohne zu zahlen. Und es ginge ihn, den Jainkef, ja weiter nichts an, wofür die andern ihr Geld herausschmeißen wollten, aber er sei ein armer Mann mit fünf Kindern – sie sollen leben! – und er müsse sehen, saß er seine paar Kreuzer zusammenhalte, ewig borgen, wo käme man da hin? Zum Bankerott, zum Bankerott! Und dreiundzwanzig Gulden und fünfzig Kreuzer sei ein schönes Geld und hier sei die Rechnung, bitte!

»Bist du verrückt?« stammelte Pawel rot und blaß.

Der Jude fuchtelte mit dem fettigen Papier herum. »Gar nix verruckt bin ich, gar nix verruckt! Da steht es! Alles! Bitte! Bitte! Da! Da!«

Und da stand es auch: »Eine Jacke, zwei Kopftücher, Fleisch, Schnaps, Zuckerwerk, die Ohrringel –«

»Was für Ohrringel?«

»Nu, die schöne Ohrringel, was die Frau Schmidtin sich ausgesucht hat, mit echte Türkisen.«

Der Schmied hielt sich fest.

»Dreiundzwanzig Gulden?« lallte er.

»Und sechsundfufzig Kreuzer!«

Pawel stand, auf den Tisch gestützt, und starrte vor sich hin. All die Jahre. Die einsamen Jahre. Die viele harte Arbeit darum! Und das gute Andenken, das er hat zurücklassen wollen! Und die Seelenmessen für die himmlische Ruh'! Wer wird jetzt für ihn beten? Sie vielleicht? Sie ist die

Rechte! – Und Schibes, der sich über jeden Gulden gefreut hat. – Aber jetzt muß es sein! Der Schmied atmete tief auf und hob den Blick. Da sah er, daß an der offenen Türe sich die Großbauern drängten und stießen und lachten.

»Morgen kriegst dein Geld auf den Tisch, Jud! Aber jetzt pack dich, meiner Seel, oder – –«

Aber Jainkef packte sich nicht.

Er drehte sich und wand sich und sprach leise – Pawel verstand lange nicht, was er nur meinte. Seine Augen hingen an Jainkefs schmalem, etwas schiefem Mund, der immerfort von einem Ringel sprach, einem Ringel mit echtem Granat und einem grünen Band und von fünf Gulden dreißig, die das ausmache, und daß er es auf der Thora beeiden könne und daß seine Frau schon lange sage, es fehle alleweil was nachher, wenn die Frau Schmidtin da war!

Da verstand Pawel. Und im nächsten Augenblick flüchtete Jainkef zur Türe, drang durch den Haufen und schrie hinter den Bauern hervor in Fisteltönen: »Schandarmerie! Schandarmerie! Er will mich morden! Morden will er mich, wegen so ein Mist, was wie eine Elster herumstiehlt im ganzen Dorf! Wegen so ein' Luder, was sich mit jedem Mannsbild herumtut! Aber ich geh' ihn klagen! Bezahlen muß er mir! Bezahlen! Ich geh' zu Gericht!«

Pawel stand mit geballten Fäusten allein und starrte auf das immer wachsende Knäuel von Spottenden, Lachenden, Schreienden, Drohenden, dort an der Türe. Einen Augenblick sah es aus, als wolle er sich auf die Menge stürzen. Aber er tat es nicht. Er schmiß seinen letzten Gulden auf den Tisch, riß seine Mütze vom Haken und ging. Es war genau so wie damals, als er mit des Verwalters Tullik an dem Wolfsrudel vorbeigerast war: blitzende Zähne, funkelnde Augen, reißende Rachen, bereit, ihn zu zermalmen. Er zitterte schweißbedeckt, als er im Freien war. Dann fing er an zu laufen. Er lief über die nächsten Feldwege hin durch die Nacht. Er wollte nach Hause und ein Ende machen.

Denn jetzt, seit er das alles weiß, ist es genug. Wahrhaftig! – Jetzt gibt es nur eines für ihn zu tun. Wenn er heimkommt, wird sie beim Herd stehen, mit dem Rücken zur Türe, und er wird hinstürzen und ihr das Kopftüchel abreißen und ihr ins Haar fassen und sie zur Türe hin schleifen. Sie wird sich wehren und groß schreien und schluchzen und betteln, aber er wird sie zur Türe schleifen, ganz an der Erde hin – an dem kurzen dichten Haar und vor der Türe, dort wo damals Schibes in der Lache gelegen ist, wird er sie hinwerfen, wie einen Sack, so wie er Schibes hingeworfen hat, und wird hineingehen und die Türe zusperren und sie heulen lassen. Soll sie nur heulen! Soll sie in den Wald zurück oder soll sie verrecken, ihm ist es gleich! Ihm ist es ganz gleich! Und wenn er sie am Morgen noch vor seiner Türe findet? – Dann schlägt er sie, dann peitscht er sie durchs ganze Dorf, damit man sieht, daß der Waldschmied nichts will von einer Diebsdirne, von einer niederträchtigen! Und dann nimmt er das Geld – siebenundzwanzig Gulden, mehr hat er nicht, und trägt sie dem Juden hin. Die siebenundzwanzig schönen Gulden für Totenehre und Andenken. Und dann geht er und sucht den Schibes, bis er ihn findet, und wenn er den ganzen Wald um und um suchen muß. Und bis er ihn erst hat, bis er ihn nur erst hat, dann wird alles gut. Aber daran darf er jetzt gar nicht denken, daß alles gut wird, sonst ist er nicht wild genug, er muß nur fort an sie denken, was sie ihm angetan hat, daß sie es mit anderen haben soll und daß sie gestohlen hat. Pfui Teufel – gestohlen, und daß er sie an den Haaren dorthin zerren muß, wo Schibes ihretwegen hat im Regen liegen müssen. –

Pawel stand vor der Hütte. Unter der Türe quoll ein Streifen Lichts hervor. Das Fenster war verhängt. –

Er öffnete leise das selbstverfertigte Schloß.

Es war alles, wie er es sich gedacht hatte. Sie stand mit dem Rücken zur Türe gedreht und hörte ihn nicht. Sie trug kein Kopftuch, nein, er brauchte es ihr nicht erst abzureißen. In ihrem schwarzen Haar schimmerte es silbern. Der Schmied starrte hin – war das – war das nicht Mutters silberne Kette im Haar? – War das nicht Kathias Korallenschnur um ihren Hals – war das nicht – Sein Blick flog zur Truhe –

Ja, das waren all die Schätze, die da bewahrt gelegen – alles verstreut am Boden – hier, dort – und der Deckel weit hintenüber offen. Mit einem Satz sprang Pawel hin, warf die letzten bunten Fetzen heraus und tastete nach dem Strumpf. Der Strumpf war leer.

Das Weib war mit einem Schrei herumgefahren. Das alte trübe Spiegelchen entglitt ihrer Hand und zerbrach. Schon war Pawel bei ihr, faßte in ihr Haar, zerrte die Kette heraus und warf sie weithin, während seine Linke sich über der Korallenschnur verkrampfte, daß sie riß und die Kügelchen wie Blutstropfen zu Boden sprangen.

Sie brach ins Knie, und er keuchte und lallte und begann, sie an den Haaren zur offenen Türe zu schleifen. Aber da geschah etwas, was er nicht erwartet hatte. Sie bat nicht. Sie weinte nicht. Auf den Knien liegend, packte sie seinen Rock und küßte ihn, zwei-, dreimal inbrünstig und hastig. Dann hob sie die Hände zu dem unter seiner Gewalt nach rückwärts gepreßten Kopf, riß die Ohrringe aus ihren Ohren und warf sie hin. Als er verblüfft einen Augenblick den eisernen Griff lockerte, riß sie auch Kathias blaue Schürze ab und warf sie weg, knöpfte mit hastigen Zigeunerfingern die Jacke auf, dann den Rockbund und nun – nachdem sie ihm alles ausgeliefert hatte, warf sie sich an ihn, sich an seine Knie pressend, die Schultern hochgezogen, wartend auf Strafe und Gewalt. Pawel stand regungslos und fühlte ihren nahen weichen Körper. Hätte sie nur geschrien! Hätte sie doch geheult oder sich gewehrt. Es wäre eine Lust gewesen zu schlagen. Aber nun starrte er auf ihren braunschimmernden Rücken herab, und jeder wilde Atemzug ihrer Brust jagte Feuer durch seine Adern. War sie nicht schöner als Kathia in all dem Schmuck und Fetzenwerk, das sonst in der Truhe moderte?

War sie nicht schöner als alle? –

Als der Schlag nicht kam, hob sich ganz leise und langsam ihr Kopf.

Da wußte sie, daß das Wetter vorüber war.

Und jetzt richtete sie sich auf, schlug die Rechte vors Gesicht und weinte, weinte, atemlos vor Schluchzen. Er riß sie empor. Er hielt sie fest. Er sah ihr Gesicht nicht, als es sich, noch tränennaß, an seine Brust schmiegte.

Es mochte nach Mitternacht sein, als Pawel erwachte. Sonst hatte er einen Schlaf, den nichts zu stören vermochte. »Dich könnt man dem Tod um drei Kreuzerln verkaufen!« hatte die Mutter immer gesagt. Doch heute hatte er so lebhaft geträumt, daß Schibes vor der Tür winsle, daß er ganz verwirrt und schlaftrunken auffuhr. Aber im Augenblick, als er nah und wirklich das bekannte Kratzen vernahm, da begriff er erst ganz, und eine solche Freude kam über ihn, daß seine zitternden Hände kaum den Riegel zurückzuschieben vermochten. »Ich komm schon!« rief er. »Lauf mir nicht weg! Ich komm schon, Schibes!« –

Und endlich riß er die Türe auf. Im gleichen Moment taumelte er an die Wand. Etwas sprang so wild aus dem Dunkel auf ihn los, daß es ihn schier umriß. – Schibes war da! – Er war da! Endlich waren sie beisammen und Schibes leckte keuchend mit rauher Zunge des Herrn Gesicht, wedelte wie toll und stürmte hinweg, in der Finsternis hinjagend, daß der Schmied ihn schon aufs neue verloren wähnte und kam atemlos wieder, aufgerichtet ihm die Vorderpfoten auf die Brust setzend und jagte wieder fort – bellend, winselnd, heulend vor Glück, während der Schmied rief und lockte. Dann streichelte, klatschte und befühlte Pawel den bebenden Rücken. »Mager bist du, Schibes! Hast was zum Fressen? Wildern darfst nicht! Hörst du? Sonst schießt der Heger dich tot. Und was mach' ich dann ohne dich! Bist nicht mehr bös auf mich? Schlecht gehts mir, Schibes! Schlecht. Und das Geld ist auch weg!«

Da zuckte Pawel zusammen. Sie war da. Sie stand in der Türe, ein flackerndes Talglicht in der Hand, mit halb zugekniffenen Augen.

Schibes sprang von Pawel fort. Er duckte den Kopf. Ein Knurren stieg tief in seiner Kehle auf und schwoll zu einem bellenden Laut des Hasses.

»Da zu mir herein, Schibes!« schrie der Schmied. »Und jetzt bleibt er da, daß du's nur weißt!«

Das Weib sah gar nicht zu ihm hin. Sie sah nur den Hund an.

»Ja, da ist er ja, der Schibesl! Unser Schibesl is da! No komm her zu mir, no so komm her da!«

Sie näherte sich ganz langsam dem Tier, nun nahm sie das Talglicht in die linke Hand, die rechte wie zum Streicheln ausstreckend. Da verlosch das Licht. Im selben Augenblick tönte ein hoher, grell jammernder Schmerzenslaut, man hörte den Hund zurückprallen und mit wilden Sätzen waldzu stürmen.

»Schibes!« schrie der Schmied. »Bleib da, Schibes! Was laufst denn weg, Schibes!« Alles blieb still.

Da faßte der Schmied im Dunkeln des Weibes Schultern und rüttelte sie. »Was hast du getan? Sag, was du ihm getan hast, du!«

Sie stieß ihn fort. »Läßt los? Au! Auhu! *Ich* hab' ihm getan? Er hat mich getan. Biest verfluchtes! Hat mir wollen Hand abbeißen, hab' ich ihm gestoßen! Soll ich mir Hand abbeißen lassen von so ein Wolfsluder?«

Sie war schon in der Hütte und rieb mit bösem Gesicht ihre Schulter.

Der Feuerschein fiel schwach und flackernd auf sie.

Jetzt weiß ich, warum Schibes sie nicht mag, dachte Pawel, und starrte in ihr Gesicht. Sie ist ja eine Katz'. Eine Katz' ist sie ja, und ich hab's nicht gesehn.

Der Schmied schlief nun kaum ein paar Stunden des Nachts. Er hatte schwere Träume, fuhr oft im Bette auf, sprang zur Türe und horchte lang, ob Schibes nicht winsle. Dann schalt das Weib, daß man nicht einmal in der Nacht seine Ruhe hätte. Der Schmied sollte sich gleich lieber vor die Hütte legen, dann hätte er's näher. Pawel schwieg wie immer. Sie schalt und höhnte, und er hatte keinen Widerstand, kein Widerwort. – Sie räkelte sich im Bett und hieß ihn Dienste tun.

Am Morgen nach jener Nacht, in der Schibes dagewesen war, hatte sie zum erstenmal, auf dem gewürfelten Strohsack sich dehnend, gefordert, daß er die Suppe kochen möge. Es war wie ein Scherz gewesen, und sie hatte ihn dabei mit lauernden Blicken angesehen und die Schultern aufgezogen, als müsse man sich doch hüten.

Aber nein. – Er schlug ja nicht.

Er tat, was sie wollte, schwerfällig und stumm, und als er ihr die Suppe brachte, schalt sie, sie sei ohne Salz, ohne Schmalz, eine Bettelsuppe, ein Schmutzwasser, grad recht, es ihm über den Schädel zu gießen.

Wie später noch oft, geriet sie keifend in solche Wut, daß sie mit den Fäusten auf den reglosen Riesen eindrang.

Und sonderbarerweise waren es gerade diese mit all ihrer Weiberkraft geführten Stöße, die ihm so wenig anhaben konnten, die Pawel duldete. Wie hätte solch ein Geschöpf, das er mit einer Hand zerdrücken konnte, ihm wehtun können, wenn Gott es nicht so gewollt hätte?

Pawel stand nun jeden Abend am Feuer, und langsam, schwer, arbeiteten die Gedanken in seinem Kopf. Wenn er es gut überlegte, so hatte der Herrgott ja recht, der ihn durch sie strafte. Schibes hatte um ihretwillen allein sein müssen, jetzt war er selbst allein durch sie. Er hatte andern unehrliche Arbeit geliefert, drum war er selbst ehrlos. Als sie ihn riefen und er armen Tieren hätte helfen sollen, hatte er seine Türe nicht aufgetan. Jetzt stand seine Hütte offen, aber es kam niemand mehr. Gott ist gerecht, dachte er in einem fort. Gott ist gerecht. Er stand am Feuer tief geneigten Hauptes, und sie erzählte mit höhnischer Ausführlichkeit, wo sie das ›gefunden‹ habe, was er gerade jetzt koche. Und wie sie gescheiter sei als die Bauernludern, die alles vor ihr versteckten, und dann fragte sie, ob sie nicht geschickt sei, »ja oder nein?«, und ob er ihr nicht danken müsse, weil er ohne sie längst verhungert wäre.

Dann wollte sie ihn zwingen, mit ihr zu essen. Aber dies war das einzige, worin er widerstand. Er lebte nur noch von Ziegenmilch und Maisbrei. Doch abends füllte er eine Schüssel mit guten Dingen und stellte sie vor die Hütte. Am Morgen war sein erster Weg nachzusehen, ob Schibes sich davon geholt habe. Als er das Schüsselchen leer fand, streichelte er es. Aber dann fand er Fuchsspuren im Staub, und am Abend hielt er draußen Wache.

Als er in die Hütte zurückkehrte, hing der rote Räuber von seiner Schulter, dessen Kopf vom Hammer platt und mürbe geschlagen war.

Jeden Abend blieb Pawel allein, denn dann ging sie ins Dorf. Jeden Abend legte sie vor seinen Augen Mutters Kette ins Haar und warf sich in Kathias Staat. Nie vergaß sie die Korallen, die er selbst hatte am Boden rutschend zusammensuchen und auf dünnen Draht fädeln müssen. Wenn sie fertig war – in Farben, die durcheinanderlärmten wie Kindertrompeten auf der Kirmes – blieb sie vor ihm stehen und sah ihn an.

Es war immer nur ein Augenblick, aber der schien Pawel härter als alles. Oh, er wußte genau, was sie dachte. Was konnte wohl ein junges Weib von ihm denken? Von ihm, der nicht ordentlich aß, nicht ordentlich schlief, der bei Nacht und Tag elend war, ein Lapp, ein Garnichts – einer, der sie nicht einmal schlug, wenn sie von ihm ging.

Pawel lehnte schwer an der Wand. Ach, wenn er schreien könnte, wenn er ihr nachstürmen könnte und sie nehmen und ihr zeigen, wer der Herr ist, wieder einmal, bis sie seine Füße küßt wie in der ersten Nacht. Aber damals war er der Waldschmied, und wer das war, das mußte man keinem erst erzählen, Meilen ringsum. Jetzt ist er ein Kerl, der nicht sein eigenes Leben wert ist, einer, der sich mit dem Juden balgen wird vor Gericht, weil er von sich geblasen hat »morgen kriegst dein Geld« und morgen war nichts mehr da. Einer, für den das Wort ›Hund‹ zu schön ist, denn sein Hund ist braver als er.

Hätt' er sie nicht von der Straße aufgelesen! Hat er nicht gewußt, daß Feuer verbrennt, daß Wandervolk Schande nach sich zerrt? Sie ist wie damals. Nur er ist anders gewesen. Aber war nicht alles schon vorausbezahlt, in der Nacht, als sie seine Füße geküßt hatte?

Jainkef war in der Stadt gewesen und hatte geklagt. Sie brachte die Nachricht heim. Und der Bauer Tadeusz hatte in der Schenke dem Lindenschmied gesagt, er und sein Gesell, der Bartosz, seien einander würdig wie der Teufel und seine Großmutter. Die Wahl täte einem weh! Das Weib schalt auf den alten Esel von Bauern, der gar nicht wisse, was der Bartosz für ein Kerl sei. Zum erstenmal seit Tagen glitt ein Schimmer von Freude über Pawels Gesicht.

Jetzt hatte Tadeusz gesehen, was die da unten wert waren. Und nun sollte er Waldschmiedarbeit zu sehen bekommen. Ja, das sollte er.

Der Gedanke, der schon lange in ihm reifte, ließ ihn nun nicht mehr.

Er wollte Tadeusz einen neuen Pflug bauen, wie kein zweiter im Land war. Er wollte seine Meisterehre wieder haben. Und wenn er sie vor Gott und Menschen wieder hatte, dann wollte er fort, mit der Frau nach Amerika und dort so viel arbeiten, daß sie nie mehr was ›finden‹ mußte – pfui Teufel! – und daß sie nur ihm gehörte, keinem andern. Von drüben wollte er dem Juden das Geld schicken und jeder Bäuerin, bei der sie was genommen hatte. – Und wieder Pawel sein. Der alte Pawel. –

Am nächsten Abend, sowie sie gegangen war, begann er. Er prüfte Eisen um Eisen und zog das Kreuz über jedem erwählten. Er ließ das Feuer hochauf glühen, schüttete ein wenig Hirse hinein und ein wenig Milch für das Feuermännchen, und murmelte Spruch um Spruch, wie Großvater und Urahn sie vererbt hatten. – Eine unendliche Lust, eine glückliche Sicherheit überkam ihn. Er zog den Blasblag, wie ein anderer betet. – Er murmelte in einem fort und sprach dem Eisen gut zu. Und endlich begann des schweren Hammers weithin hallendes, vertrautes Gedröhne.

Und was nun geschah, war für Pawel so sehr zu Gnade und Erlösung gehörig, daß es ihn nicht einen Augenblick wundernahm, nicht einen Augenblick innehalten ließ. Schibes war da. – Er hatte den Hammer gehört und war hereingeschlichen. Er saß da, mager, struppig, gehetzt, und sah Pawel mit einem sonderbar scheuen und zugleich tiefen, glänzenden Blick an.

Aber die Arbeit gönnte Pawel diesmal keine Zeit zu Zärtlichkeit. »Ich kann da nicht weg, Schibes«, sagte er mit ganz sonderbar zitternden Mundwinkeln, und Schibes sah das ein.

Der Schmied stand da, wie ein Soldat auf Wache. Was nicht gelang, schuf er neu, zwei-, vier-, zehnmal. Und Schibes lag daneben und sah zu – ach, wie das nur war, zu arbeiten, wenn Schibes zusah!

Aber plötzlich hob er unruhig den Kopf und meldete. Pawel fuhr zusammen. Asche flog auf die Flammen, Gerumpel auf das begonnene Werk. Pawel schlang beide Arme um Schibes und raunte: »Morgen komm wieder, wenn's da hämmert! Komm aber sicher! Hörst mich?« Schibes wedelte und leckte sein Gesicht, und Pawel zweifelte keinen Moment daran, daß er kommen würde. Dann stand er auf und drängte Schibes zärtlich zur Türe hinaus.

Als das Weib wiederkehrte, träge wie ein Raubtier nach dem Fraß, sah sie Pawel nah und mißtrauisch in das veränderte Gesicht. Sie fragte und quälte und stichelte. Endlich sagte sie es ihm auf den Kopf zu, daß der Köter dagewesen sei. Pawel schwieg. Auch als sie einen Silbergulden vor ihm auf die Tischplatte knallte, schwieg er noch. Er sah auf den Haufen rostigen Gerümpels neben der erloschenen Feuerstelle, und es kostete ihn Mühe, nicht zu lächeln.

Er war wieder da, Pan Jan, die allergnädigste Herrschaft, Euer Gnaden.

Überall war er zu sehen. Auf der zweigegabelten Schloßtreppe, vor der die Gäste vorfuhren.

In der Schenke, wo die Großbauern drinnen am Extratisch ehrfürchtig stillhielten, wenn er lachend, mit seinen langen schlanken Beinen über sie hinweg, nach dem Ehrenplatz stieg.

Auf der Straße, wo er kleine Jungen sich um einen Regen von Nickelmünzen balgen ließ.

In der Kirche, wo die Mädchen sich stießen und nach ihm schielend die Predigt und den lieben Gott vergaßen.

Er war neunzehn Jahre alt, sein Haar buschte sich blond unter der Konfederatka, seine Augen waren schwärzer als des Herrn Pfarrers Rock, und seinem Mund sah man die Küsse an.

Seine Stimme war immer, auch wenn er zum ältesten Bauern sprach, so wie die eines Burschen, wenn er ein Mädel vom Tanzplatz weg, in die Felder hinredet, zum Abkühlen. – Und eines Tages ritt Jan – Lady Evelyn hinter sich, die noch immer schön und nun so würdevoll war wie irgendeine andere Lady – die lange Straße hinauf zur Waldschmiede.

Pawel saß, wie jetzt immer, am Holzklotz und dachte an den Abend, an Schibes, an jede Niete und Schraubenmutter seines Pfluges. Aber als er tief unten Reiter und Hund erblickte, da sprang er auf und rannte den Berg hinab.

Pan Jan kam zu ihm! Jan, der bei ihm gesessen war, der ihm den Schibes gebracht hatte! Und jetzt war er groß und kam wieder bis zu ihm hinauf. Nun sah er ihn. Ja, wie groß er geworden war! Er mußte ihn aufhalten, der Pan durfte nicht in die Hütte, durfte sie nicht sehen – so ein junger Mensch! –

Jan grüßte schon von weitem mit der Hand, so selbstverständlich, als trüge diese staubige Straße seine Spur noch von gestern her.

»Wie geht's, Alter?« fragte er, warf Pawel die Zügel zu, schwang sich leicht und schlank aus dem Sattel und klopfte des Schmiedes breiten Rücken.

Anders ist er schon! dachte Pawel. »Wie geht's der Herrschaft?« stotterte er.

»Mir? Danke. Wunderbar!« lachte Jan.

»Aber jetzt laß dich mal anschaun. Wir haben uns so lang nicht gesehn.« Er faßte den Schmied an und wandte ihn, daß die Sonne ihn beschien. »Weißt du, du siehst nicht gut aus! Bist du krank, Pawel?«

Das ist Jan. Ja, das ist der kleine Jan, der den Schibes gebracht hat, weil der Schmied so allein gewesen ist! Er ist noch immer wie damals, und man muß ihn wie damals gern haben.

»Ich weiß nix, daß ich krank war!« antwortete Pawel.

»Das kenn ich schon bei euch. Aber ich werde dir unsern Doktor schicken. Sag mir nur, was hast du denn eigentlich?«

Welcher andere möcht noch fragen, was ihm fehlt. Wer möcht noch sagen: »Ich schick dir den Doktor!« Ach, wenn er wüßte, wie es ihm geht! Aber Pawel kann es ihm doch nicht sagen, das mit dem Juden und mit dem Geld und mit ihr –, das kann er doch so einem jungen Buben nicht sagen, so einem Kind, so einer Herrschaft!

Und er murmelt und zieht die tänzelnde Stute nach sich, »Arbeit hab' ich halt keine, allergnädigster Herr. Rennt alles zum Lindenschmied unten!«

Jan sagte: »Ach so! Also jetzt ist der in Mode bei ihnen! Na, das kann ich dir richten, Pawel, das mach ich schon! Ich laß dich einfach hinaufkommen (Jan sagte nie ›aufs Schloß‹) und die Pferde beschlagen. – Aber laß, du dummer Kerl, was treibst du denn?« –

Pawel hat Jans Rock geküßt. Er hat es tun müssen! Wenn Jan ihm helfen wollte –. Wenn das möglich wäre. –

Plötzlich sagte der junge Herr: »Ich hab' gar nicht gewußt, daß du verheiratet bist?«

Und da sieht Pawel, daß sie vor ihnen steht.

Wie hat sie das nur gemacht, daß sie gekämmt und gewaschen ist und blitzblank und hat sich doch erst noch im Bett gewälzt wie ein Schwein?

Sie steht und lacht, und Jan lacht auch.

»Ich bin nicht verheiratet!« sagt Pawel sehr laut. Ihr Blick sticht nach ihm. Aber Jan lacht noch mehr. »Oh! Oho? – Pawel, Pawel!« Aber dann sagt er, er wolle nur einen Blick in die alte Hütte werfen und tritt ein, sorgfältig sich bückend. »Hier hab' ich mich immer angeschlagen und, ach ja – das ist ja der Schemel, auf dem ich immer gesessen bin« und er denkt: Gewiß istauch seit damals das Fenster nicht aufgemacht worden – wie hab' ich es nur immer hier so lang ausgehalten? Und dann ist er wieder im Freien. Da steht der Schmied, gebückt und finster. Und das Weib, das nicht sein Eheweib ist, hat die Arme hinter sich gekreuzt und wiegt sich, an den Türpfosten gelehnt, ein wenig hin und wieder. Der junge Herr verlangt einen Trunk Wassers, und ehe der Schmied sich regt, ist sie beim Brunnen und pumpt. Sie wirft sich geduckt über den schweren Schwengel und federt auf, daß ihre Brust sich strafft. Mit gesenktem Blick bringt sie ihm den Krug.

Aber plötzlich tut sie die Augen auf und sieht ihn an. Teufel! – Dann trinkt er, während sein Mund noch im Lächeln zuckt. Ein Gulden blitzt in ihre Schürze nieder. Und dann sieht der junge Herr wieder den Schmied an, der dasteht, gebückt und finster. Er geht zu ihm und legt die Hand auf seine Schulter.

»Also es bleibt dabei, morgen kommst du hinauf und beschlägst die Pferde. Und schließlich wird sich auch für deine – für das Mädchen da Arbeit finden, jetzt, wo wir so viele Gäste oben haben. Sie kann ja übrigens noch heute abend nachfragen, ob man ihrer bedarf. Also adieu, Alter, adieu!«

Pawel hält die kitzlige Stute, die Kolomejka tanzt, aber Jan sitzt schon fest im Sattel.

Und dann lächelt der junge Herr wieder ein ganz kleines bißchen, als er ihrem Blick begegnet, der an ihm hängt. Er wendet und reitet fort, trapp, trapp, trapp. Lady Evelyn trottet nach. Da wendet sich Jan nochmals im Sattel. Ihm ist etwas eingefallen.

»Was ist denn mit dem Hund, Pawel, den ich dir damals gebracht hab'?«

Der Schmied muß erst die verbissenen Zähne voneinander tun zum Reden.

»Der ist nimmer da!«

»So? Na, schön ist er ja nicht gewesen! Also – adieu!«

Und er lacht und winkt und reitet davon. Da tut Pawel sechs Schritte hin zu ihr und sagt:

»Du wirst nicht hingehn!«

»Warum denn nicht?« fragt sie und ist wieder die Katze.

»Weil ich nicht will. Hörst du?«

»Du hast was zu wollen, Trottel, lächerigte. Hab' ich gefragt: bitte! will ich zu Karol gehn, oder zu Juzio?«

»Halts Maul! Zu dem gehst nicht! Den tust mir nicht verderben! Das sag' *ich* dir! Ich!«

Sie stampft und schreit und faucht und beißt, aber er trägt sie wie einen Flederwisch in die Hütte hinein. Sie tobt, bis keiner von den paar Töpfen und Tellern mehr ganz ist. Endlich fällt sie aufs Bett und weint, aber er rührt sich nicht von der Tür, und mitten im Weinen schläft sie ein wie ein Stein.

Er sitzt rittlings auf dem Amboß und sieht sie an. Lange. Und da erkennt er, daß nichts mehr in seinem Herzen hin will zu ihr. Wenn da ein Stück Holz läge, möcht er nicht weniger spüren und nicht mehr.

Aber den Jan soll sie nicht in die Krallen kriegen, das ist er ihm schuldig. So ein dummer Bub noch, was weiß der von Weibern!

Pawel steht leise auf, sperrt die Tür zweimal ab, zieht eine Schnur durch den Schlüssel und hängt ihn sich um den Hals. – Dann kriecht er langsam ins Bett. Heute kann er also nicht arbeiten. Und Schibes wird er auch nicht sehn. – Er schläft ein, die Hand an der Schnur. Wie er mitten in der Nacht aufwacht, weil seine Glieder vor Kälte erstarrt sind – steht die Tür sperrangelweit offen. –

Alle Sterne schauen herein.

Es trifft Pawel doch wie ein Schlag. Er fährt auf. Die Schnur hängt ihm zerschnitten vom Halse.

Das Weib ist fort. Sie ist bei Jan.

Aber da sieht er, daß Schibes vor dem Bette liegt und Wache hält.

Nun ist schon seit Tagen die alte Hütte wie einst, voller Ruß und Getöse und hellem Brand, und man muß nur zur Türe sehen – da liegt Schibes. Es fliegen keine bösen Worte mehr umher wie Funken, lange nachher noch Brandblasen aufziehend, die weh tun.

Es wohnt kein Diebshehler mehr in der Waldschmiede, nein, auch keiner, der Ärgres noch geschehen läßt und mit Schandlohn sich füttert.

Sie hungern beide, Herr und Hund, und es ist ihnen nicht leid. Gelt, Schibes? Und Arbeit ist da, solche, an der man seine Ehre und seine Freude hat. Ach, du liebe Muttergottes! Gut, daß das Weib gegangen ist, gut. Jetzt ist alles aus und fängt frisch an! Amen. –

Pawel stand und raspelte, daß ihm der Schweiß in die Augen rann. Alle paar Minuten mußte er Luft schnappen.

Es war doch nicht so ganz leicht, solche Arbeit zu schaffen, wenn man seit langer Zeit nichts in den Mund bekommen hatte als Maisbrei und Wassersuppe. Und Schibes, der arme hagere Schibes, für den er auch nicht mehr hatte. Wenn Pawel zu ihm trat, wedelte er ganz schwach, und die Zunge hing ihm aus dem Maul vor Hunger.

Oftmals am Tag sprang er auf, mit jähen Sätzen durch die Hütte hetzend, drängte er die Schnauze in alle Winkel und schnüffelte und blieb, die Pfoten aufgestützt, stehen, ganz leise und in kurzen dünnen Tönen klagend.

Immer wieder, wenn dies begann, meinte Pawel, er könne es nicht ertragen. Und wenn Schibes dann mit bebenden Flanken, erschöpft und hilfeheischend zu ihm kroch, rettete sich Pawel in die Arbeit. Denn die mußte vor allem geschehen.

Dies vor allem. Dann – würde alles von selber gut, wenn Pawel auch nicht wußte, wie es gut werden sollte.

Es war Mittag, und die Sonne brannte auf die staubige Straße herunter. Zu der Zeit kamen nicht einmal die Reisigweiber herauf.

Aber plötzlich schlug Schibes doch an. Er meldete. Pawel erschrak. Was hat er denn, dachte er. Ist er vielleicht toll geworden vor Hunger? Er trat zur Türe. Da sah er, daß Schibes recht hatte. Es kam ein Mann herauf. – Eine unendliche Zärtlichkeit, ja fast Hochachtung, erfüllte Pawel vor dem halbverhungerten Wächter, der seine Pflicht nicht vergaß. »Bist *mein*Schibes«, sagte er leise, des Hundes Kopf in der hohlen Hand streichelnd. Schibes mahnte nochmals. Pawel stieg auf den Holzklotz und spähte hinab. Lange. Und er begann zu schwanken, daß er heruntersteigen mußte. Er kannte den kleinen, magern Bauern, der da auf alten müden Füßen den Berg hinauf kam. Was wollte Tadeusz da? In allen Jahren war nie ein Ding so wichtig gewesen, daß der Großbauer Tadeusz den Weg zur Waldschmiede gefunden hätte! Und nun am hellen Mittag, bei Arbeitswetter? Das hieß etwas. Da war was los, und nichts Gutes! Was konnte er wollen? Jesus, kroch der langsam herauf! Was wollte er nur – kam ein neues Unglück? – Nur jetzt nicht! betete Pawel.

Nur jetzt nicht! Bis der Pflug fertig ist – dann soll kommen was will!

Endlich, endlich war der Alte oben. Er ging langsam auf den Holzklotz zu, hob die Rockschöße auf und ließ sich ächzend nieder. »Gelobt sei Jesus«, grüßte Pawel, obwohl er wußte, daß seinen Gast zu drängen nicht üblich war. Der Alte schob ruhig die Pelzmütze, die er Sommer und Winter trug – was man ihr ansah –, aus der Stirn, holte ein rotes Tuch hervor und wischte den Schweiß ab. Dann verschnaufte er, zog die Pfeife aus dem Rock und den Beutel, stopfte und schlug Feuer. Er paffte ein paarmal seitlich durch die Zahnlücke und antwortete dann: »In Ewigkeit. Amen.«

»Schönes Wetter heute.«

»Mhm, ja.«

»Grad recht für die Erdäpfel.«

»Mhm.«

»Geht der Bauer wochentags so spaziern in 'n Wald?«

»War schon recht. So ein alter Krüppel steht nur im Weg beim Arbeiten. Kommt um den Schnaufer und richt't nix.«

»Is schon nicht wahr bei'n Bauern.« – Was will er nur, dachte Pawel. So red schon einmal!

Der Bauer paffte.

»Aber der Waldschmied tut wieder schön arbeiten. Man hört's bis ins Dorf. Den ganzen Tag. Grad gestern am Sonntag –!«

Hat ihn der Herr Pfarrer heraufgeschickt, oder was?

Der Bauer redete weiter.

»Ins Dorf kommt der Schmied gar nimmer?«

»Nein. Jetzt nicht.«

»Da weiß er gar nicht, daß der Jainkef in der Stadt war, klagen!?«

Also bei *dem* Loch will der Fuchs aus dem Bau? Na Ja.

»Ja. Das weiß ich!«

»No und hat der Schmied schon was vom Gericht?«

»Nein. Vom Gericht nicht.«

»Und hat der Schmied an einen Avekaten gedacht?«

»Nein, an einen Avekaten nicht.«

Der Bauer ließ den grauen, scharfen Blick nicht von Pawels Gesicht. Hm. Das habe er sich gedacht. Und weil er morgen in die Stadt fahre, habe er gemeint, Platz sei ohnehin in der Britschka, und der Schmied könne gleich mitfahren. Und weil man schon davon rede, wolle er, der alte Tadeusz, dem Waldschmied noch etwas sagen. Es sei doch sehr dumm von ihm – mit Verlaub gesagt –, wenn ein Mann wie er, dem Juden nicht lieber seinen Bettel ins Maul würfe, statt ins Kriminal zu kommen.

»Ja – aber – aber –«

Der Schmied solle ihn zuerst ausreden lassen. Der alte Tadeusz wisse alles. Der Schmied hätte kein Geld. Aber wenn der Schmied keins hätte der alte Tadeusz hätte welches, hähä! – ganz ordentlich welches. Und er meine nun so: Morgen kriege der Schmied soviel er haben wolle. Und vergleiche sich mit dem Jainkef und hätte seine Ruh'. Und mit dem Zurückzahlen müßt' er sich nicht eilen. Übers Jahr – oder zwei – oder zehn und wenn Gott ihm selbst – dem Tadeusz, das Leben nicht schenken sollte, sein Ältester werde es später auch noch ganz gut brauchen können.

Der Schmied stand da und sagte kein Wort.

Er packte den Bauern bei der Hand, zerrte ihn in die Hütte hinein, zeigte auf den Pflug und drehte sich zur Wand.

Der Alte sah den schier fertigen Pflug an, um und um –, genau und prüfend. Als er fertig war, nickte er.

»Das ist Waldschmiedearbeit«, sagte er und es war, als zöge er den Hut.

Der Schmied wandte sich.

»Der ist schon lang euer!« brachte er noch hervor. Dann warf er sich über die eichene Feilbank, daß es krachte.

Der Alte stand hinter ihm.

»Morgen um fünf Uhr bin ich also da, mit der Britschka!« sagte er vorsichtig und halblaut.

Und dann ging er. Denn es ist schwer für einen Mann, einen andern laut weinen zu hören.

Jetzt war der Pflug fertig. Ganz und gar. – Mit dem könnte der Kaiser pflügen! dachte Pawel. Morgen, wenn ich erst von der Stadt zurück bin und alles ist gut, soll ihn der Tadeusz gleich haben. Und wenn das wirklich geht, daß er das Geld hergibt und der Avekat macht alles auf gleich, dann verlob ich mich der Muttergottes am Marktplatz mit einem neuen Gitter um und um, so schön ich's nur machen kann. – Er löste die gefalteten Hände, bekreuzte sich und ging tief aufatmend zum Herd.

Er beutelte aus dem schlaffen Zipfel eines Sackes das letzte Maismehl heraus und begann einen wässerigen Brei zu kochen.

Ein Winseln kam unter der Feilbank hervor, leise und erstickt.

»Hast einen Hunger, Schibes! Armer Schibes! Aber morgen bring' ich dir ein Fleisch mit und Markknochen und alles! Nur heut' mußt zuwarten – nur noch heut'!«

Pawel goß den gekühlten Brei in ein Schüsselchen. Schibes jammerte und wollte nicht. Da löffelte der Schmied mit Todesverachtung seinen eigenen Topf leer.

»Da schau her, ich hab's gegessen. Da schau!«

Schibes versuchte gehorsam, aber er nieste, schüttelte sich und verkroch sich wieder unter der Bank. Pawel kniete und seufzte schwer. Selbst hungern, daß die Rippen krachten, das war nichts! Aber noch Schibes dabei zusehn müssen, wie er lag und vor Hunger zitterte, als ob ihn Fliegen quälten –

Er hätte Tadeusz um einen Gulden bitten sollen, aber er hatte nicht ans Essen gedacht. Er war das Betteln so wenig gewöhnt wie das Borgen.

Da sagte eine Stimme von der Türe her: »Schön guten Abend, euch beiden!«

Es traf Pawel wie ein Schuß.

Da stand sie in der Türe, die Rechte in die Hüfte gestemmt, in der Linken ein Bündel ein wenig hin und her schwenkend, da stand sie.

– Ja, wie war sie denn nur hereingekommen, ohne daß sie es gemerkt hatten, er und Schibes, der sich jetzt unter der Bank mit tiefem, unheimlichem Kehllaut hören ließ?

»Na? Mir scheint, freut's dich gar nicht groß, daß ich da bin?«

Der Schmied hob sich ganz langsam vom Boden. Er sagte: »Was machst denn du da?«

Schibes brach zugleich los.

Er schoß unter der Bank hervor und bellte, tief, mit der ganzen Kraft seines Hasses.

»Hau sie tot!« sagte er. »Hau! Hau! Hau sie tot!« –

»Gehst weg, Biest? Halt'st den Kusch?« Sie stampfte gegen ihn hin, daß Schibes – an erlittene Schmerzen erinnert – sich mit zwei seitlichen Sprüngen rettete. Dann wandte sie sich zu Pawel:

»No? Wohin denn hätt' ich sollen, wenn er mich davonjagt?«

Sie legte das Bündel auf den Tisch und warf das Kopftuch auf die Bank hinüber.

Der Schmied sah ihr zu, reglos dastehend, mit hängenden Armen.

Sie zog nach Weiberart mit dem Fuß den Schemel zum Tisch, knöpfte die Jacke auf und machte sich's behaglich.

Recht so, recht so, noch mehr lümmel dich da an mein'n Tisch! Denn wohin sollst du sonst gehn, wenn der Pan genug hat und schmeißt dich raus? Kommst halt und setzt dich, mir nix dir nix, und bleibst sitzen wie der Holzwurm im Balken, bis alles in Moder fällt. Wenn ich dir jetzt sag', du gottverbotenes Weibstück, geh in dein'n Wald und laß mir meine Hütten sauber – was wird sie tun? Lachen und fester hersetzen. – Nur manchmal, manchmal, gelt? Da wirst du schon weggehn, bisserl schon! Stehlen wirst du gehn, ludern wirst du gehn, aber immer zurückkommen, wie die Brieftaubeln! Und morgen, wenn der Tadeusz kommt, mit der Britschka, dann wird er glauben, ich hab' ihm was vorgemacht – denn sie wird dahocken und ich werd' ja nicht fahren. Nein, wozu soll ich fahren, wenn sie sowieso da ist? Und den Pflug wird sie mich auch nicht verschenken lassen. Sie wird treiben, bis ich ihn verkaufe, damit sie Kandis hat und bunte Bänder! Und der Jud kommt und das Kriminal – alles – alles. Gott spielt mit mir. Gott spielt mit mir und die Muttergottes. Wie die Katzen mit der Maus. Aber dann soll euch ein anderer das Gitter machen – ich bin fertig mit so einer Muttergottes da –, alles ist aus. Alles.

»Was stehst denn da, wie Panak an der Wand? Da, komm her da!« –

Sie begann den harten Knoten des Bündels zu lockern.

»So ein reicher Pan und macht Sachen wegen den bissel Ringel, was ich gefunden hab'! Hab' ich's müssen hergeben. Hab' ich aber schon was gehabt, hä! Bevor ich bin von Schloß!«

Sie schlug das Tuch auseinander, das große braune Fettflecken zeigte.

Da waren: zwei Silberlöffelchen und eine Handvoll Spielmarken, eine kleine goldene Tabaksdose mit einem Mädchenporträt in Email – ein einzelner Sporn – eine blaue Glasperlenschnur wie sie Mägde tragen – der blitzende Schlagring einer Harfe und – ein mächtiges gebratenes Stück Rindskeule.

Sie hob es am Knochen empor, daß der erkaltete Saft daran zu Boden tropfte.

»Da schau her!« sagte sie. »Komm essen!«

Der Schmied regte sich noch immer nicht.

»Ich freß kein Gestohlenes nicht mehr«, brach er heiser aus.

Sie zuckte die Achseln und riß selbst mit den Zähnen ein großes Stück vom Fleisch. Kauend wollte sie die Keule wieder aufs Tuch legen.

Aber da fiel ihr Blick auf Schibes.

»Da schau her! Der möcht's! Der frißt's!«

Und sie hielt ihm auch schon den Braten entgegen.

»Gutes Bratl! Schönes Bratl! Komm her zu mir! Laßt er dich verhungern bei Wassersuppel? Feines Herrl das! Da schau her, das Bratl! No komm!«

Sie lag auf den Knien und hielt den Braten hin.

Des Schmiedes Blicke hingen an Schibes, der zurückgefahren war, laut anschlagend.

Nun streckte er den Kopf hörbar witternd vor.

Das Fleisch roch satt und gut, Pawel selbst spürte es – was mußte das erst für Schibes sein.

Jetzt fletschte er die Zähne gegen sie und knurrte. Er sprang vor und dann zur Seite.

Plötzlich sah er zu Pawel hin, mit einem gemarterten Blick, wie in einer lichten Minute unter Todeskrämpfen.

Er blaffte kurz und kläglich, die Blicke starr auf den Braten geheftet – er zog den Schweif ein und setzte sich zitternd –.

»Haaa! Siehst es? Wie er mir hergeht! Krieg' ich ihn?« höhnte sie und drehte die Keule hin und her.

Schibes' Augen wurden zu trübem Glas. Sein Haar sträubte sich. Er sank flach auf den Boden. Aber er ist ja *ein Tier – ein Vieh*! – dachte Pawel.

Und er sah den Hund mit ausgedehnten Vorderpfoten und eingestemmten Hinterbeinen über den Boden heranschleifen, sah, wie er mit einem wölfischen Jaulen auf das jäh erhobene Fleisch losfuhr –, sah den Knochen unter den Zähnen splittern, da Schibes mit Raubtierknurren die Beute am Estrich hin und her warf – sah das Lachen, das Lachen in des Weibes Gesicht. –

Dann sah er nichts mehr. Er fühlte nur des Hammers Schwere in seiner Faust, der auf den malmenden Tierrachen niederschmetterte – eins! – und auf das Gesicht, in dem das Lachen verging – zwei! und er schlug und schlug – hin und her, schlug und schlug ...